좀 울고 나면 괜찮을 거야

시와함께(Along with Poetry) 시인선 028

좀 울고 나면 괜찮을 거야

김영란 시집

시와함께 넓은마루

길을 간다.

언덕 위 꽃집 앞에 앉아서

부풀어 오르는 치마폭을 누르고
화분에 물을 주는
여인의 마르지 않는 카스텔리아를 찾아

오늘도 나는 낙타고개에 간다.

2023년 4월. 김영란

| 차례 |

제3부 오늘은 직진만

제4부 형상 기억 합금

제1부

나비

가을날 오후

저 멀리 누군가 오고 있어요
느낌표 한 칸 띄우고 다시 느낌표
부호 같은 점 두 개가
아주 느리게

좀처럼 다가오지 않아
내 마음이 서둘러
마중 나가요

멀리서 할머니가
할아버지가 천천히 걸어와요

앞서 걷는 할머니 뒤에서
자로 잰 듯 일정한 간격을 두고
할아버지가 뒷짐을 지고 따라와요

저들도 나처럼 누군가 몸에 닿으면

소름이 돋을까요 도들도들

궁금증이 길을 끌어당기는데
정 박자로 다리를 절룩이며
할머니에게서 잠시도 눈을 떼지 않고
느릿느릿 할아버지가 지나가요

이미 본 영화의 필름을 돌려보듯
저 길을 말아 되감기를 하면
멀리서 보내는 눈빛만으로도
찌릿찌릿 가슴 저릿한
장면이 있었겠지요.

고추

햇살 잠시 스쳐 갔을 뿐인데
눈을 감고 있어도
붉어지는 마음

달빛에도 고개 숙이던
푸른 가슴이
발갛게 타들어가요

땅 속 어둠 끝까지 같이 가자고
목을 늘려 잡는 손
뿌리치고

간음하는 여자들이여……

바람의 말
온몸의 물기를 거두어가지만

햇빛 쏟아지는 거리에 뛰쳐나와

빨갛게 달아오르는 나를

방종한 계집이라 불러도 좋아

2월 비

야누스의 계절

때로는 뒷걸음치던 겨울이
아직 다 하지 못한 일이라도 있는지

희끗 나부끼듯 사라졌다
와락 달려들기도 하지만

멀끔하던 하늘에 가만가만 비 내려
은근슬쩍 이마를 적셔 줄 때면
내 걸음은 속수무책 뒷걸음질한다.

봄이 좋아 봄이 참 좋은데
길을 가다가 어딘가를 가다가
어디로 가는지 도통 생각나지 않아

눈을 감고

한 발 들고 또 다른 발꿈치로
땅을 딛고 크게 한 바퀴
빙그르르 돌아보는데
어쩌자고 어쩌라고 비가 내린다.

봄비가 슬금슬금

그 여자 · 6
- 거울 앞에서 춤을 추다

1
침묵을 견디는
행위인 듯

2
모닝콜 소리에
베갯잇에 눈곱만 떼어 놓고 온 내 앞에서
바람이 일으켜 세운 모래를 밟고
맨발로
춤을 추는 여자

3
햇살이 부풀려 놓은 북면이
북채를 완강히 거부하는데

4
얼굴을
긴 머리로 가린 여자가

커다랗게 원을 그린다.

5

여자의 팔 안에
사막을 돌아 헛헛해진 바람이
단단하게 뭉쳐진다.

6

공항 검색대 위에
두 팔을 올리고 있는 내 앞에
바람이 빙글빙글 다가온다.
나침판도 없이 먼 길을 달려와
그 여자의 흉내를 낸다.

7

거울 속 내 동공에
사막바람이 소용돌이친다.

그 여자 · 7
- 공항 출국장에서

내게 등 돌리고 서 있는 저 여자
눈 코 입 다 보이지 않아도

출렁이는 어깨는
한쪽 날개가 없어 날지 못하는 비익조

고산병에 시달리는 억새들이
울렁울렁한 가슴을 풀어헤치는
타그랑 라 계곡에 엎드려
하루에도 일만구천구백구십 번 가슴을 접는
한 마리 자벌레가 되고 싶어

카일라스행 편도 표를 들고 서 있지만

산양의 발길에 차인 캄파눌라 초롱꽃
보라색 종소리 댕댕 울릴 때면

멀고도 먼 나라 토끼의 절구에서 뛰쳐나온
돌멩이들 틈 사이에 누워
한밤중이 아니라도 마음이 저 혼자 자꾸만 울어
몇 번이나 눈을 감았다 다시 떠
돌아누울 것 같아

내 마음을 온통 흔들어놓고
황급히 게이트 안으로 들어가는
뒷목이 빼빼 마른 여자

그 여자 · 8
- 르비딤사막에서

바람이 그려놓은 오선지에
음표처럼 남아있는 발자국을 따라간다.

네 이름은?

말해봤자
아무도 위로해 주지 않아

사막의 외로움은 말 없음이 아니라고

광야를 걷는 동안
말을 잃어버린 나에게 다가와
대추야자나무 아래 사는 여자가
빠르게 묻고 답한다.

기름진 땅을 찾다가
허기진 남편은

한 그릇 팥죽으로 맏아들을 팔고
밤마다 돌베개를 베고 잠이 드는
들사람이 되었다고

천사의 이름으로 사람을 대접하면
하늘의 상을 받는다고
믿는 여자가

흙먼지 폴폴 나는 먼 길을 걸어서
머리에 이고 온 물을
내 발에 붓는다.

주름진 눈꺼풀을 들어 올리고
웃고 있는 내 목에
초승 새벽 별같이 반짝이는
옥돌목걸이를 걸어준다.

그 여자 · 9
– 타임비누에 녹아내리는 오후

밤사이 내리던 진눈깨비
한껏 고양된 감정을 추스르지 못하고
비가 되어 흐르는 길을
어쩌자고,
물 항아리 머리에 이고
새벽길을 걷던 여자가
목욕탕의 수도꼭지를 비틀어 잠근다.

수도꼭지를 틀어놓고
온몸에 치덕치덕 만다린오일을 바르던
젊은 여자가 앙칼진 소리를 내면서
할머니의 손목을 잡는다.

간혹, 타임비누를 살살 문지르면
시간이 돌아오기도 한다는데
할까. 말까. 할까. 말까
············

뿌연 수증기 속에 동그랗게 갇혀 있는
할머니의 등에 가만히 손을
올려놓는다.

노란색 타임비누를 살살 달래본다

그 여자의 젖꼭지가 간당간당 흔들린다.
눅눅한 시간이
추적추적 뛰어내린다
한참을 부유하다가
깨어진 타일 조각 사이로
숨는다.

김밥을 마는 저녁

온몸을 부르르 떨어 존재를 알리는
냉장고의 문을 연다.
모퉁이에 쭈그리고 있는 묵은지랑 깻잎을 돌돌 말
아 썰어 놓고
효력이 많이 남아있는 계란을 부친다.

쓰다 남은 세 절 햄과
당근은 채를 치고

늑진하게 침묵 지키는 김을 구워
도마 위에 펼치는데

너나들이 바람이 키워놓은
구멍들이 쑤욱 얼굴을 내민다.

초등학교 운동회 날
단 한 번도 내 이름 불리지 않아도

칠 벗겨진 철 대문으로
어둠을 밀어내고
향나무 그늘에 자리를 잡아놓던

엄마는
내 초등학교 육학년 내리
결 고운 소금을 넣은 밥에
동쪽 하늘 샛별을 꾹꾹 눌러 넣었을까.

먹먹한 구멍을 밥으로 틀어막고
고추냉이를 듬뿍 올린다.

꿈이 이루어지려나 봐

저기 봐

오늘따라 무궁무진 더 빛나는 저 별은
어린 왕자가 지나가는 중인가 봐

하늘 먼 나라
좁은 까막별 사이를 헤치고 날아와
'호랑이 따위는 조금도 무섭지 않지만 바람은 질색
이라'*는
장미의 허풍을 들으며 바람막이가 되어 주는 동안

봄 여름 가을 겨울 다 행복하지만
풍경도 없이 다가오는 향기에 마음이 화~해진
어린 왕자가
밤새도록 바람을 막아 주다가

사막여우를 찾아 다시
까막별 사잇길을 지나가는 중인가 봐

밀밭의 밀들이 흔들리는 것을 보고
아드레날린 수치가 최고조인 어린 왕자가
일만의 벌들을 지휘하는 여왕벌처럼
꽁지를 파닥이면서

여우를 만나러 가고 있나 봐

아, 서너 발자국만 옮겨놓으면
별이란 별마다
반짝이게 할 수 있는 어린 왕자가
스위치를 '강'으로 올렸나 봐

좀생이별들
덜 마른 익모초 연기 속으로
마구 뛰어내리네

* 『어린 왕자』, 117쪽.

나 지금

건너뛴 행간 사이 은유처럼
단장을 마친 어선이 출항을 기다리고
눈썹을 깜빡거리면 닿을 것 같은 거리에
마음이 따뜻한 사람들이
어깨를 기대고 사는 곳

젊은 날의
아버지가 보았던 풍경이
아니겠냐고

나 후포 갑니다.

고향의 논밭은
손톱 밑의 가시와 바꾸고
세상으로부터의 겉돌기를 수없이 하다가
찾아간 곳에서
바람이 괜히 뺨을 때리고

달아나더라고

지금 후포에 갑니다.

마당 없는 민박집 이층에 올라가
가자미 회 대짜 한 접시랑
소주 한 병 시켜놓고
집어등을 환하게 밝히고
만선의 깃발을 펄럭이면서
들어오는 오징어 배를
기다리겠습니다.

개나리

저 열정 좀 봐

점잖은 척
가끔은 고개를 끄덕이거나 갸우뚱,
거미줄처럼 얽힌 가지에 매달려
오래도록 기척이 없더니

눈길 한번 준 것뿐인데

이 무슨 일이람
기껏해야 사월 달력 한 장도 못 채우면서
샛노란 꽃망울을 한꺼번에 터뜨리는
대담성

옹이도 없는 가지마다
큰 웃음을 감추고
몇 날 몇 밤을

얼마나 가슴 벅찼을까

내 사랑이 너와 같다면
나는 믿지 않을래.

무슨 생각도 없이 지나가는 나를
목젖까지 까발리며
유혹하다가

사소한 바람 한 줄기에도
온 힘을 다해 뛰어내리는
저 가벼운 입술
입술 입술들

부채질을 잘 하지 않는 것은

골목에 웅크리고 있던 바람이
덩달아 일어나기 때문이야

내 손목의 반동을 따라 팔랑팔랑
새하얀 기억이 떠오르기 때문이야

햇볕 쨍쨍한 날
함석지붕이 새빨갛게 달구어지고
골목마다 담배 냄새에 갇혀서
가쁜 숨을 몰아쉬던 그 여름
처음 달거리를 뭉글뭉글 쏟아내던 날 밤에
노란 장판 위에 나를 눕혀놓고
무릎을 곧추세운 엄마가
하염없이 부채를 부칠 때마다
가지런히 벗어놓은 검정 고무신 속에
한가득 들어있던 담배 연기가
살랑살랑 고개를 들고 일어나기 때문이야

필터에 걸러지지 않은

하얀 연기가 스멀스멀

올라오기 때문이야

너는 또 어디로

새벽에 누군가가 말을 걸어온다.
고향 집 우물가에서 영글던 맨드라미 씨앗 몇 알
내 지갑에 갇혀서 까만 눈동자를 비비고
있었나 봐

두런두런 말을 걸어오기에
검은 땅 손톱으로 파헤쳐
심어주었는데

가랑비 몇 번이나 쓰다듬고
햇살이 조근조근 달래주어도
벼슬을 늘어뜨리고 붉은 사물이 되어 가는
꽃대궁

구월이 지나는데
한참이나 쪼그리고 앉아 있는 바람이
까맣게 여문 맨드라미 씨앗을

치마폭에 살며시 품고 있네.

아마 맨드라미의 여행이
다시 시작되려나 봐

어쩌면 당분간은
책상 서랍에 헤벌쭉 누워
쌀 헹구는 소리를 자장가 삼아
고향 집 우물가에 서 있는
꿈을 꾸게 될지도 몰라

나비

굵은 비 내리는데
젖은 날개를 접고
나를 바라보는 나비 한 마리

고즈넉한 눈망울 흔들림 없이
쪽머리 틀고 앉아 있던 어머니
우물을 가득 채운 달빛이
까만 무명 이불 위에 눕는 밤이면
아궁이 미어지도록 장작을 밀어놓고
찬물을 끼얹던 어머니

담벼락에 그려놓은
약도는 보셨는지

처마 밑에 호롱불도 켜두었습니다

제멋대로

햇살이 첨벙첨벙 뛰어내리는 봄날 아침
영문도 모르는 땅의 혈관에
구멍을 내고

시도 때도 없이 펄럭이는
마음 한 톨 심었는데

하늘 밑 바지랑대 꼭대기에서
흔들리고 흔들리다가
피멍 든 가슴에 켜켜이 품은 씨앗

제멋대로 가을 저녁이 오고
바람은 또 옷자락을 흔드네

다시 구월

구월이길래

받을 사람 없는 줄 뻔히 알면서
그냥 한번 눌러보는 고향 집 전화번호

오래된 천식이
어린 내 무릎으로 구들장을 파고들게 하는
겨울이 올 무렵이면

음력으로 구월구일을 기다렸다가
큰 공연이라도 벌이는 양
한껏 들떠 있는 마당에

구절초 한 짐을 부려놓고
가마솥에 한가득 물컹하게 달여
동글동글 동그랗게 환을 만들어
베갯잇에 넣어주던
아버지

때로 멀리서
구절초 일렁이는 것을 볼 때면
가슴이 저미어 오는데

오늘 밤 내 베갯잇 속을
버적버적 걸어 다니시네

다시 바람이

바람이 또

미친바람이
시퍼렇게 칼날을 벼리는 파도 앞에
나를 내려놓고 가버린다.

나는 발뒤꿈치로 동그랗게 원을 그려보다가
해안가 골목을 꺾고 돌아
바람에 잔뜩 부푼 포장마차의 문을 열어본다.

어느 여인의 손에 야무지게 묶여 말라가던 시래기가
냄새를 폴폴 풍기면서 양은냄비에서 곤곤히 고아지고

먼 바다에서 신나게 돌아다니던 고등어
칠이 벗겨진 프라이팬에 뻘쭘하게 누워
얌전히 익어가는 곳

깨진 콘크리트 바닥에 눌어붙은 불그데데한 양파껍질이
내 눈에 얼룩으로 남아있는
바닷가 그 포장마차

지금 가도 되나요.

제2부

다시 풍경을 꺼내다

따개비

껍질은 마음의 은신처가 아니야

떠나보면
그리움 하나 더 보태는 줄 알기에
붙박이가 되어 납작 엎드려 있다가

하루해가
그 생을 마감하기 위해
부풀어 오를 때면 부서질지라도 정녕,
떨어지지 않겠다고
초강력 접착제로 닫아 보지만

굳어가는 난막卵膜으로 바라보는
바다를 향한 내 마음은
발목을 천만번 감돌아 지진대가 되어가고

아 아 빼빼 마른 털게들 앙상한 다리로

갯벌에 쩌걱쩌걱 찍어놓은 발자국 위로
밀물이 올라온다.

협착증에 걸려 졸아든 내 심장에
바다가 사 부 작사 부 작
들어온다.

내 그리움의 질량으로 기울어진 바다가 밀려온다.

다압동동

동동 도무지
발걸음을 옮길 수 없어

섬진강 버들 실가지가 붙잡아서 동동
끌어안아 아리 동동

신령버섯이 들어간 동동주
오늘도 스리슬쩍 몰래 먹고
식당 의자 밑에 배를 깔고 있는
늙은 개
한층 신령스러워진 눈빛이
아련해서 동동

동동주에 뜬 찰밥 알갱이들이
흐느적흐느적
술에 취해 동동

산기슭 비탈길에
팔소매 동동 걷고
차 이파리 따는 여인들의
아라리동동

양 볼 발그레 그을린
벚꽃이 속치마 끈 풀고
뛰어내리는 동동

뒤돌아보면서 동동

도망처가悼亡妻歌의 답장을 보다

- 무용 '직금도織金圖'

다음 생에 다시 만나
이 고독과 슬픔을 그대가 알기를

엉겅퀴 줄기로 새끼줄을 꼬아서
가슴을 동여매고
춤을 추는 여인

탱자나무 푸른 울타리에 갇힌 임
행여 까무룩 잠들었더라도

배꽃향기
창호지에 스미는 밤이면
천 리 길 멀다 말고
달려오시라고

문고리 열어놓고 올리는 기도

매화꽃 무늬 치맛자락을 풀어 헤치다

나비 떼 날아들어
살포시 내려앉다

빙그르르 출렁출렁 몸부림치다

열두 자 치마폭이 금실을 자아내다

다시 날아올라 나이테를 그리다

집으로 돌아오는 차 앞 유리에
자꾸만 날아드는
뜻 모를 부호들

윈도우 브러쉬로
지우고 지워내도
온통
그립다

두려움 때문이 아니야

왕의 걸음을 걷는 낙타를 타지 않았어.
내 심장이 그리 크지는 않지만
두려움 때문이 아니란 거 알잖아

가시나무도 살지 않는
광야 사막을
바람을 따라온 나에게

돌절구에 성글게 간 이집트 커피를 주는 여자

그녀의 이마가 해같이 빛나던 거
내 착각이 아니었어.

나는 저토록 큰 별을 꿈꾼 적이 없어

사암 덩어리 골짜기가
갑자기 열리고

수천수만 대의 카메라 셔터가
동시에 터지듯
별의 별별 덩어리가 한꺼번에 튀어나오는
시나이산

낙타가 쏟아놓은 똥을 밟고 미끄러지는 순간
우주가 열리고
하늘이 낮게 내려왔어
별이 내 머리에 쏟아져 내렸어

다시 풍경을 꺼내다

가스 불에 주전자를 올려놓고
커피콩을 간다.

가만히 있던 물들이 펄펄 끓다가
뚜껑을 열어젖힌다.

물의 완강한 힘을
지그시 눌러보는 나에게

조주 스님이 묻는다.
'아침은 먹었느냐,
아침 한 숟가락에 대각의 모우먼트가 깃든다.'*고

콘크리트에 발을 묻은 제라늄
연분홍 꽃망울을 맺고
쇠창살 두른 놀이터에
새들 날아올라 노래하는데

장대 끝에서 흔들리는 것은

네 마음이라고

……

내 속 뜰엔 꽃잎 지고 산새들 노래 그치지 않는데

바람이듯 깃발인 듯 지금도 흔들리고 있었던가.

풍경을 달아야겠다.

물은 지금 평안한가.

* 『화두 혜능과 셰익스피어』, 167쪽.

마재마을에서
- 정약용 선생님께

한 톨 밤을 빼앗기고
창자가 끊어진 듯 우는 아이를 보고
심으신 밤나무는
불 꺼진 초당의 어둠을 지키고 있는데

목련꽃 망울 터지는
만덕산 기슭을 떠나

고향 집 새로 지은 정자에 누워
잠들지 못하는 까닭은 무엇인가요?

생지황 흰색 꽃 육수 화서로 피는 끼무릇
쪽나무 꼭두서니
아홉 층 돌계단 밑에 심으신 무와 올 배추
밭가 명아주 비듬나물
눈에 삼삼 떠오르기 때문은 아니지요

부부유별 군신유의 부자유친
한 글자 한 글자
사람의 도리를 적어 가다가
더러는 그리는 마음 더러는 원망하는 마음

그리고 그보다 더 큰

가난하고 힘없는 백성을 향한 마음을
복사뼈 닳고 닳아 구멍이 날 때까지
한 자 한 자 꾹꾹 눌러 적을 때

보일 듯 보이지 않는
찻잎의 향기 같은

새파란 어둠 속에 설핏 일어서던
바다 물결이
그립기 때문은 아니지요

모항

달걀을 닮아

암탉이 금방이라도 달려와 품어 줄 것만 같은데

가야 할 시간을 놓쳐 버리고
바다가 느릿느릿
들어온다.

엷게 내려오는 어둠 속에 서서
한쪽 발을 반쯤 들고 날아오를까 말까
망설이던 물새 한 마리

날개를 훨훨 털고 포구를 품는다.

내게 등을 돌리고 간 사람
누구라도 이곳에서 만나면
나 알지요 하고 목을 껴안을 것 같아

마지막 버스의 운전사가 시동을 켤 때

내 젊은 날의 페이지마다
잠 못 들게 하던 날들을 꽁꽁 접어
두둥실 떠 있는 목선에
묶어둔다.

무청 시래기

내가 파르르 떨고 있는 것은
바다를 일으켜 세운 바람이 내 안에 있기 때문이야

가마솥 안에 곤곤히 누워 돌아눕지 않는 것은
응달진 담벼락에 매달려 있을 때
진눈깨비 알갱이가 살결 깊숙이 스며들었기 때문이야

나른하게 늘어지는 내가 푸른빛을 띠기 시작하는 것은
음력으로 초나흘, 서쪽 하늘 살짝 기울어지고
초승달, 홀쭉해진 배 안에
좀스럽지 않은 좀생이별들을 가득 담고 있는 것을
하염없이 올려보았기 때문이야

아랫도리가 뭉근히 물러가면서도 내가 파랗게 되살아
나는 것은
고향 집 툇마루에 앉아서
옛날 옛날에 토끼가 방아를 찧었다는

어떤 나라 이야기로 날밤을 세던 날
홀랑홀랑 들이마신 파란 달빛 때문이야

물 위에 그린 약속

신호등에 걸려오지 못하는가.
느닷없이 물으시더니

삼백예순 몇 정거장마다 들른다는 버스에서 내려
마른 팔을 휘휘 저으며 걸어올 것 같아
엑스레이를 찍은 듯
잘 마른 대추 같은 젖꼭지가 훤히 보이는 블라우스를 입고
땀에 젖은 할머니가 오늘도 친구를 기다리고 있을까요

콧잔등에 내려앉는 파리도 쫓지 않고
옆집 살던 갑장을 기다리는 할머니의
허기진 층층 눈꺼풀마다 오늘도 눈물이 고이고 있을까요

앵두가 빨갛게 익을 때쯤
첫차로 와서 놀다 가자고
마을이 물에 잠기기 전에 했던 약속을 믿고

길모퉁이 우물가
누군가 걸쳐 놓은 두레박 한가득
울컥울컥
봄 햇살이 넘쳐나는데

할머니는 오늘도
검정 비닐봉지에
사이다병을 넣어
왔을까요.

문의마을 지나는데
앵두꽃이파리 흩날리고 있습니다.

물방울의 노래

날아가기 위해 앉아 있을 거라고
착각하지 마

오늘은 더는 떠다니고 싶지 않아,
떨어지지 않으려 버둥대고 있는데

아 손을 놓을 것만 같아

소나기 지나간 전깃줄에
대롱대롱 매달린 내 몸 가까이
제발 다가오지 마

슬그머니 다가와 내 어깨를 건드리면
파르르 떨고 있는 손을
놓을 것만 같아

더 흐르고 싶지 않은 내가

전깃줄에 매달려
꾸는 꿈은 오직 하나

탱탱한 해가
내 안에 스며들게 하는 거

내 몸속 깊숙이
해를 빨아들이는 거

그런데
꿈이 이루어지려나 봐

전봇대에 기대어 있던 바람이
어디론가 가버리고

정오의 해가 다가오고 있어

바다가 움직일 거라는 건 선입견이야

소금기 밴 바람이 낮게 엎드려 있는 마산포구

꿈틀거리는 욕망으로
하루에도 수만 번 방조제를 기어오르는
바다는 처음부터 없었나 봐

바람의 지휘에 맞추어 빨간 깃발을 펄럭이는
어성초의 화려한 쇼를
잠깐 보다가 돌아서려는데

갯벌의 갈라진 틈을 비집고 나와서
소라게가 공연을 시작하네.

고개를 한껏 뒤로 젖히고
꾸덕꾸덕한 개펄을 말고 있는
소라게의 등이
햇빛 아래에서 반짝거리네.

초대받지 않아서 좌석이 없는데
쉬지 않고 개펄을 돌돌 말아 던지는
소라게의 저 처절한 행위를 두고
돌아설 수가 없어

문을 열지 않은 횟집 근처를 어슬렁거리다가
녹슨 저울대 위에 올라 느긋하게 배를 깔고 있는
고양이가 내려오기를 기다릴 수밖에

블랙커피를 단숨에 마신 날

햇살 아래서는 떠오르지 않는다고
가슴 속 깊은 곳에 묻어 두고 있겠는가

온 밤을 천둥처럼 울어도 소리가 되지 않는다고
적막 속에 가두어 두겠는가

보름달 떠오르는 창가에 앉아
조금 굵은 초에 불을 밝히고
심지가 타는 걸 눈을 감고 지켜 봐
줏대 없이 흔들리는 것은
아무것도 없다는 거 알게 될 거야

시인 듯 다가와 나부끼다 흩날리다 희끗 등 돌리고
사라져도
잡으려고 애태우지 마

가끔 아주 가끔, 어둠이 오렌지색 그래프처럼

부드럽게 다가오면 루아르 산 쇼비뇽 블랑 한 잔 딱
한 잔만
고개를 뒤로 젖히고 단숨에 마셔 봐

마음이 따뜻해져 오면 그냥 눈을 감고 그려 봐

물안개 피어오르는 강가
새초롬한 표정으로 올라오는 과꽃 보라색 꽃망울
바람을 따라 찰랑거리는 비비추 꽃대궁은
까칠하든지 말든지 그냥 놔두고

조금 더 그리운 사람에게
아주 짧은 문장의 엽서를 보내놓고

몇 날 몇 밤 답장을 기다리는
빨간 우체통

배타적 안전지대

나를 알고 있는 나를 재워 줘

내 몸의 질량을 받아줄 곳 없을까 봐

자정의 달님이 빛을 잃어버린
브로드웨이 삼각지대 한복판에서
휴대폰의 전등을 환하게 밝힌다.

스마트한 내 휴대폰을 클릭 클릭하다가
알코올이 날아간 캔 맥주를
뒷목을 잡고 넘기는 나를 향해
노란색 택시들이
폭소를 터뜨리고 지나가고

이어폰의 볼륨을 높이 올리는데

배타적 수위가 높은 전광판에서

능청스럽게 코를 고는 소리가 들려
지구의 질량에 반비례하는
사람들이 반사적으로
고개를 젖히네.

갸륵해라
한낮에도 네온이 켜있는
타임스 스퀘어 전광판 화면 가득
누군가 잠을 자고 있어

언제나 주파수가 고정된
휴대폰에서 디제이의 나른한
목소리를 들었나 봐

잘 자요

볕 좋은 날

둥근 어둠 속에 웅크리고 있는
빨래를 들어 올린다.

혼자서는 외롭다는 걸 알고 있는지

밤마다 베란다 문을 열고 내려다보다가
목이 늘어난 폴라 티가

세면장 서랍 안에 차곡차곡 개켜져
저녁마다 가족을 쓰다듬어 주던
까칠한 수건들이 올올이 날을 세우고 올라오는데

그 뒤에 빠짝 붙어 가랑이를 힘껏 벌리고
매달리는 쫄바지 두 개랑
하늘색 줄무늬가 있는 남방이

느닷없이

세찬 물줄기를 맞고 있다가
후줄근해진 내 치마를 끌어안고
필사적으로 올라온다.

빙글빙글 돌아가는 세탁기 안에서
서로를 끌어안고 일어섰다 앉았다
다시 일어서기를 반복한

시간이
시든 배춧잎 같은
내 옷소매를 잡고
올라온다.

봄날에 문장 하나가 들어오다

초범이 아니라서 더 대범해진 봄바람 불어
꼭 길을 떠나야 하는 것은 아니지만

커튼을 주르르 내리다 말고
꼼질꼼질 올라오는 아지랑이를 앞세우고
집을 나선다.
백운산 허리를 지나가는 섬진강 가
잠잠하게 졸고 있던 매화향기가
내 서슬에 놀라서 푸드덕 일어서고
칠불암 가는 길 외딴집 담벽에
-우리엄마 아바는 돈마니 벌어서 자정거를 사 주세요-
무심한 척 못 본 척, 돌아서려는데
문을 밀고 들어선 햇살이 잔뜩 부풀려 놓은 흙 마당에
선명하게 나 있는 자전거 바퀴 자국
아아, 아이는
달리는 유전자가 있는 허벅지의 바람을
자전거 바퀴에 탱탱하게 불어넣고

아마 아이는

브레이킹 어웨이의 주인공이 되어
매화꽃 이파리 깔린 길을 달리다가
햇빛을 감아올리는 바퀴가 반짝일 때마다
경적을 빵빵 울릴지 몰라

북성포구

사람도 그렇잖아
이름만 들어도 그 사람은
꼭 그 이름이어야 할 것 같은

북성포구가 그래
꼭 그 이름이어야 할 것 같아

초저녁잠이 쏟아지는 하늘에
시인의 가슴에 한 번도
잉태되어 본적이 없는 늙어 쪼그라든 별을
아랫배가 홀쭉한 반달이 낮게 내려와
감싸 안고

바다가 빠져나간 갯골에
온몸에 흙칠을 한 칠게 한 마리가
왈츠를 추는데

언제나 같은 자리에서 엉거주춤

4분의 3박자 그리고 턴, 하는
게의 스텝이 아무래도 민망해
콘크리트 벽 뒤로 슬쩍
몸을 감추는 북극성

목재를 실은 바지선의 불빛 너머
조개껍데기가 되어가는
골목 안 횟집에
닻처럼 고요히 앉아 있는 여자와
식당 바닥에 엎드려 있는 신발 한 짝

개밥바라기별 하나둘 돋아날 때
다시 찾아가도 그 자리가 아니잖아
무얼 드시겠냐고
물어오는 사람 없으니

오래오래 그냥 앉아 있을래

무작위성 우연성 음악에 대한 단상

　누군가 감상하고 있는 내 피돌기는 G단조 바소오스티나토 오스티나토 어느 소리 하나도 놓치고 싶지 않아 혓바닥을 입천장에 대고 있는 내 목구멍에서 침이 넘어가는 소리는 포르테시시시모다 그 소리에 놀라 창문 틈새에 낀 바람이 머뭇머뭇 일어서는 소리 안단테안단티노 잔뜩 기대에 찬 옆 관객이 커다랗게 동공을 여는 소리에 피아니스트의 두 손이 어디에 있어야 할지 몰라서 잠시 두리번거리는 동안 누군가 프레츨이 담긴 과자봉지를 부우 욱 뜯는 프레스티 시시모 소리에 깜짝 놀라서 떨어지는 내 휴대폰 액정화면의 불이 켜질 때 공중에 반짝반짝 떠오르는 먼지들의 웅성임은 피아니시시모 누군가 이게 뭐니 하면서 겨드랑이를 긁적이는 소리는 비바체아다지오 크세나키스는 더 이상 악보가 필요 없는데 ㅋㅋ웃기는 4분 32초

제3부

오늘은 직진만

비 그친 뒤

근심 어린 얼굴로 떠다니던 구름 떼
말끔히 데려간 이
누구인가

줄지어 땅으로 꽂히던 빗줄기들을
땅속 깊은 곳에 가두어 두었다가
아주 오래된 옛날에
검은 곰이
씹다 버린 마늘 껍질과 함께
용솟음쳐 오르게 하거나

가끔은 시멘트 블록 사이
잠시 머물러 있게 하다가 이윽고,
꿀렁꿀렁 먼 바다로 보내는
선한 마음 가진

누군가 있어

사다리도 없는 아파트 옥상에
고요히 앉아 있던 물방울들이 머리를 풀고
하늘 향해 하늘하늘 올라가는데

노란 꽃망울 속에
시큼 짭조름 느끼하고
신묘 불측한 맛을 감추어두었다고
음흉한 웃음을 짓고 있는
텃밭의 토마토나무

산물을 먹다

우주를 유영하던
기하학적 요소를 거부한
물을 먹는다.

백두산 너덜바위 틈 사이나
담 자리 꽃나무에 달려있던 이슬방울들
순수의 몸짓으로 하늘 높이 날아올라

구멍 난 바람의 품에 안겨 은근슬쩍
일억칠천팔백삼십만일흔아홉 번 떠다니다가

때로, 고비사막 층층 붉은 모래알갱이들 속에서
어둡고 축축한 시간을 지나온

한 입 크게 베어 물면 입안에 한가득인데
그러나 어쩐지
허전한

손가락 끝으로 문지르면

알갱이가 없는데

영롱한 빛이 있는

그 무엇

1.5리터 페트병에 갇혀

목젖을 지나

쇄골 십이지장 대장 모세혈관으로

꼴랑꼴랑 흘러간다.

상상력에 따른 에세이

남방여왕의 축제는 아주 오래전의 일인데

폭죽이 터진다.

처음처럼 하늘이 열리고
어둠의 동굴에 갇혀 있던 별들이
라식수술을 받은 듯 화들짝 눈을 크게 뜨고
튀어나온다

꿈틀꿈틀 살아 있는 사암 덩어리에서
지금이라도 연기가 솟아오를 것만 같아

천지가 공허하던 날
흑암이 깊음 위에 있을 때
습지의 물이 잦아들고
'땅'이라 불리던 그날

'우리가 태어나기 오래전에 어떤 전능한 힘에 의해,
즉 우리가 모을 수 있는
　힘보다 더 큰 힘에 의해 만들어진 것 같은……'*

　별 덩어리 자꾸자꾸 뛰어내리는데
　거만하게 내 앞을 걷는
　낙타가 쏟아놓은 똥을 밟고 넘어져서
　하늘을 우러러본다

* 알랭드 보통, 『여행의 기술』에서 연상하였음.

소설
- 요양원에 펼쳐진 무지개

-나 어렸을 때는
음력 시월 하순이면 홑껍데기 바지에 목화솜을 덧대
입었다고-

사막을 너나들이 누비던 바람이
안과 밖의 경계가 모호한 현관문을
제집이듯 들락거리는데

소설에 얼면 겨우내 춥다고
할머니가 내 어깨 위로
이불을 자꾸 끌어
올리신다.

가뭇한 허기를 달래느라
몇 날 몇 밤을 조각내어 만든 할머니의 이불을
슬그머니 밀쳐내는데

얼었다 녹아 바람든 무같이 퍼석한 할머니 손에

알록달록 덧대어진 이불이
내 저의를 안다는 듯 슬그머니 미끄러져
방안 가득 펼쳐진다.

그 와중에
일곱 가지 무지개색을 찾고 싶은
유혹을 물리치느라
코에 침을 세 번 바른다.

사도신경 주기도문을 간절하게 외우고
집으로 돌아오는 사거리
깜빡이는 파란불이 사라질까 봐
황급히 뛰는 내 발 앞에
가도의 경계를 지우며

눈발이 비명도 지르지 않고
뛰어내린다.

시간, 사물 되다

한쪽 발을 치켜들고 앉아 있는데

사람도 붙어 있으면 탈 나는데
너무 꼭 맞는 신발을 신고 있었네.

피부과 의사가 내 발 앞에 웅크리고 앉아
발가락에 박힌 티눈을 끌로 풀어 떼어낸다.

이 발가락에만 티눈이 생기는 것은
네 번째 발가락과 새끼발가락 사이는
야들야들 아기살 같아서 그래요.
티눈은 이런 곳에 자리를 잡아요.

제 살이 저에게 가장 고통을 줘요

근데 티눈도 나이가 들면 더는
고통스럽지 않아요

이,

무슨

난해한 철학?

야들야들한 내 살 속에 동굴을 만들어

밤마다 존재를 알리던

시간이 떨어져 나간다.

좀 울고 나면 괜찮을 거야

황청포구 전봇대에 묶인
늙은 개 한 마리
누군가를 기다리고 있나 봐

포구에 배가 닿을 때마다
비쩍 마른 무릎을 일으켜
세운다.

밴댕이 같은 가슴에 훅, 들어 와
발자국을 남기고 간 사람이
오늘은 돌아올 것만 같아

미처 빠져나가지 못한 노을에 갇혀
붉어진 목을
고무줄처럼 늘이고 있다

노을이 지는 것이 슬퍼서 우는 것이 아니야

‘너무 슬플 때에는 해지는 풍경을 좋아하게 되고 말
아……’*

지금 흐르는 눈물은
바람 때문이라고

퉁퉁 부은 눈꺼풀을
들어 올린다.

그래 밤새 울고 나면
좀 괜찮아질 거야

  *『어린 왕자』에서.

어지럼증
 – 이비인후과에서

그냥 좋아해요

뽕잎 당귀 잎 감나무이파리에
가을빛 물이 들든 말든
들여다보려고 애쓰지 말아요.

태어난 지 한 달 반쯤 되고부터
세상의 모든 것이 신기한 아기가
고개를 이리저리 돌리듯

아직도 세상이 궁금한가요.

요만큼 끝이라는
선이 있어야 해요.

머리에 부호들이 가득 차서
달팽이관이 출렁출렁

신호를 보내네요.

어디를 가려고 그렇게 빨리 걷나요.
다른 사람의 걸음 폭을
따라서 걸을 필요 없어요.

걷다가 앉아서
빙그르르 돌아가는 하늘을
올려다보는 것이

재미있나요.

오늘은 직진만

맞은편 차에 부딪힌 햇살이
내 차 안을 자꾸만 기웃거려서
나 오늘은 직진만 할래.

편도 4차선에서 좌회전하려면 일차 선에 서 있어야
하는지
이차 선에서 돌아야 뒤차의 흐름이 좋아지는지,

언제나 나를 갈등하게 하는 사거리 길에서
방향지시등을 꺼버릴래.

앞차의 브레이크 빨간불이 꺼질 때는
무조건 따라가야 한다는 강박증을 버리고

왕복 팔차선에 서 있을 때면
좌회전 후 좌회전 유턴하고
직진 유턴 후 좌회전

신호등 불빛 따라 갈등하는
핸들을 붙잡고만 있을래.

빌딩들이 휘청거리며 물러가는
백미러 직사각형 거울에
눈길 한번 안 주고

오늘은 그냥 직진만 할래.

오선지에 그리는 사연

한쪽 발을 들고 서 있다가
풀쩍 귀뚜라미가
내 품에 뛰어든다

달빛이 뭉글뭉글 뭉그러질 때마다
떠오르는 이름 하나
오래도록 간직하고 있었나 보다
새벽 설교 시간에
쇄골을 열어젖히고
귀뚜라미가 노래를 한다.

온몸으로 전하는 저 사연을
알아들을 수는 없지만
술람미 여인을 애타게 부르는
솔로몬의 가사보다
애절하다

구석진 교회 의자에 앉아
볼펜을 꾹꾹 눌러 오선지를 그린다.

바탕음 베이스는 깔았지만
운율이 떠오르지 않아
썼다가 덧씌우고 다시 쓰고
성경책 빈 공간이
온통 까맣다

와인은 언제나 옳아

달빛이
허락도 없이 내 방 침대에 누워
기억도 가물가물한 이야기를 늘어놓고 있다가
화들짝, 일어서려는 것을 붙잡아놓고

침대 커튼 뒤에 숨겨둔 와인 중
옛날에 단테라는 어떤 사람이 사랑한
'베르나차 디 산 지미냐노'를
살살 굴려 보는데
방금 베어낸 풀냄새
햇살에 잘 구워진 바람
자전거 짐칸에 실려 온 제비꽃
하늘 땅 별별 달콤새콤한 냄새가
온방 가득 차올라

달빛이 뭘 좀 안다는 듯
레트로 감성 충만한 턴테이블에 앉아

멜랑꼴리하게 빙글빙글 돌아가네.

아참 와인을 마실 때는
눈으로 먼저 마시라고 했지

반의반 박자
앞에 있는 사람의 마음이 점점
차오르는 것을 지켜보다가
조금 아주 조금씩 잔을 기울여야 한다는데

나만 그런가.
라벨마다 맛이 다른 와인 병을 보면
축제라도 벌이는 양 마음이 들떠

가을이잖아

왜 그런지 나도 잘 몰라

과꽃들이 진한 자주색 꽃 쟁반을 이고 나오면
열다섯 살 가을
처음 달거리하던 그날처럼
길가에 풀썩 주저앉아

나만 보면 야생의 습관이 도지는 바람이
나와 과꽃들 사이를 넘나들다가
내 치맛자락 슬쩍 들쳐 보고 달아날 때면
내륙의 산간 마을 내 고향 집이
항상 생각나

구멍 숭숭 뚫린 흙 담벼락은
저녁 햇살에 익어가고
빛바랜 기와지붕은 하마
조롱박 주렁주렁 달고 있는지

까마득한 옛날이 바로 엊그제 같은데

감꽃 하나하나 무명실에 꿰어
내 목에 걸어주던 일가 아지매

소금물에 땡감 삭여 놓고
노란 국화가 소복이 피어 있는
장독대 주위에
마냥 서 있을 것 같아

기타 선율에 담은 이야기
-「철새는 날아가고」*

날아가는 철새가 되기보다
달팽이가 기어가는 길이 되고 싶어

그럴 수만 있다면

바람을 품은 숲이 되어
세상에서 가장 슬픈 노래를 들려주고 싶어

망지기의 집에 갇힌
5월 동지 태양이 기지개를 켜는데
옹이 된 손톱자국을 돌기둥에 새기던 사람은
붉은 눈물방울을 떨구어놓고

어디로 갔을까

피사로의 말발굽 소리에 놀라
콘도르 더 높이 날아간 땅

떠나간 사람이

잊힌 사람이

사무치게 말하고 싶은

턱뼈를 닫는데

우주를 떠돌다가 돌아온 구름이

기타의 애잔한 선율을 따라

뒤척이다 돌아눕다 벌떡 일어선다.

우루밤바 계곡 붉은 강물이

자꾸만 악보를

펼쳐놓는다

 * 페루의 전통민요를 바탕으로 '로블레스와 폴 사이먼'이
  공동으로 만든 노래

유월 보름밤에
- 누군가 내 방을 엿보고 있었다

밤과 새벽 사이

서랍 틈 사이로 비집고 들어 온
달빛이 그랬을까.

추운 날도 많지 않은데
자꾸 사 모은 오리털 파카가 헐렁하게 부풀어있네

맞춤건조 작동을 해놓은 세탁기 안에서
파슬파슬 말려진 코르덴바지가
차렷 자세로 있는 그 옆에

평소에는 눈길도 주지 않는
남색 바탕에 기하학적인 무늬가 그려진 털 스웨터
세일기간이라고 사놓고는
한 번도 입어본 적 없다고
의기소침 화사하게
자태가 피어나고

분홍색 아사 원피스
비 오는 줄도 모르고 입고 나간다고
종아리를 휘감아 넘어지게 하더니
서랍 틈 사이를 비집고 나와
방안의 동정을 살펴보고 있다.

어깨에 올려진 질량을 느끼고야
비로소 잠드는 나를 위해
오늘 밤에도 오른쪽 내 손은 왼편 어깨에 올려져 있는데

용기하듯 치솟아
잠잠히 누워 있던 옷장 속의 옷들이 부풀어 올라
서랍이 닫히지 않네.

갓 태어난 새끼별 쪼글쪼글 쪼그라드는 별
싱싱한 젊은 별들 아기자기 예쁜 별 별의별들
점점이 사라지는 것을 숨죽이고 서서 지켜보다가
까무룩 잠든 밤에(누가 다녀갔을까? ……)

유후인 호수에 크랭크인 당하다

숨을 멈추었는데
자동센서 카메라에 잡혀버렸다

스토리 라인도 받지 않았는데
감독의 사인이 떨어졌나 봐
골목마다 센서 등이
롱 테이크 샷으로 나를 줌인하네.

아웃으로 작동하고 그냥 서 있고 싶은 내 그림자가
안개를 자아내는 청색 빛 호수 위에서 어른어른
너울춤을 추고

효과음은 제대로 잡혔을까.

호숫가에 서 있는 자동판매기가
동전을 삼키는 소리에
화들짝 뛰어오르는 물고기의 반짝이는 비늘을
호수가 벌떡 일어나 챙기고는

아무 일 없었다고 입을 스윽 훔치는데

콘티에 있는 내용……?

고양이 한 마리
호수 속 나뭇가지에 앉아
하늘 자락 촘촘히
별을 심고 있다가

무방비 상태로 서 있는 내게
얼른 다가와
내 발 치수를 재어보네
아니 사실은 말캉한 제 살을 최대한 밀착하고
제 몸의 크기를 내 발에 재어보네
손사래를 치는데도
지 특기라고 하얀 배를 슬쩍 보여주네.

오늘 밤이 참 느리게 갈 것 같아

이명

어쩌지 길을 잃었나 봐
나 여기 있다고 좀 전해 달라고
휴대폰에 번호를 찍어 보인다.

고베의 차이나타운에 무리 지어 살고 있나 봐
벌떼들 하도 앵 앵 앵 앵 날아다녀
고산증 걸린 산악인처럼 주저앉는데

헝클어진 머리카락을 뒤로 넘기는
내 눈동자에서 움푹 자리 잡은
자화상을 보았는가.

눈꼬리를 하늘까지 치켜올린 무용수가
동그랗게 만 손을 내 귀에 대고 앵앵거린다.

수만 마리 벌들이 날아다닌다.

잠깐만요 나 지금 괜찮아요.

전차 소리 쉬지 않고 날아다니지만
산노미야 공중전화부스 안에서
잠깐만 눈 감고 있을게요.

청홍색 불빛이 사라질 때까지
아주 잠깐,

이젠 괜찮다고

비가 오는데 아버지가 거기에 있을 것 같아

은색 날개를 펄럭이는 찌의 움직임은 아랑곳하지
않고
강물을 바라보고 있을 것 같아

아내를 떠나보내고
뜨거운 국물을 단숨에 들이킨 듯
어깨를 펴본 적이 없는 아버지가 기꺼이
비를 맞고 앉아 있을 것만 같아

아버지의 어깨가 하염없이 젖고

강물이 푹푹 패일 때마다
돌멩이에 달라붙어 통통 불어가던
파란 이끼가 파르르 놀라 진저리치던 그 날처럼

물소리 한없이 깊어지고

아마도, 아마도

아랫배가 푹 꺼진 다리 밑에
빙글빙글 나뭇가지 떠돌고
빗방울들 똑똑 떨어지고 있겠지

휴대폰을 한참 보다가
눈을 꼭 감았다 뜨면
액정의 파란빛이 오래도록 망막에 남아있듯

비 오는 날이면 그날이 떠올라

강물이 괜찮아, 괜찮아 이제 다 괜찮아.
토닥토닥 일렁이고 있을 것 같아

잠깐만 피돌기를 멈춰

나도 모르게 눌러버린 클랙슨 소리에
실선을 딛고 서 있는
고양이의 털이 가닥가닥
일어선다.

무수히 달려오는 차량 사이를 헤집고
달려가려는 고양이가
도움 닿기를 하려고
뒷걸음친다.

하늘 가는 길이 그리 멀지만은 않은데
발자국 하나 남지 않는
저 길을 넘어
어디를 가려는 것일까?

잠깐,
0,0001초, 수학적 계산 따윈 하지 마

누군가 가속기에 발을 올리기 전
아주 잠깐 피돌기를 멈춰

유성이 떨어지는 그 찰나

난자하는 직선의 빛들 사이 사이로
낭창낭창 날아올라라

황금 실선을 밟고 있는 고양이가
파란 동공을 활짝 연다.

제4부

형상 기억 합금

재미없는 영화의 도입부 같지 않아?

잠들지 못해 한층 까칠한 머리카락을
뿌리째 끌어매고 있다가

다시 가을.이라잖아라고 해서

숨죽인 채 다가온 은유를
끌어안고 흐르는
강물이 보고 싶어

언제나 스마트한
내 휴대폰을 챙길 겨를도 없이
국도를 달리는데

연료 계기판이 기름이 없다는 사인을 보냈었나 봐

엔진소리 점점 줄어들고
차가 서버리네

그런데 말이야

삼각대를 찾으려고 갓길에 차를 세우는데

시시한 영화의 한 장면같이

경찰관이 손짓하며 걸어오네.

목적 없이 길을 가다

이쯤에서 돌아가는 것도 나쁘지 않은데
버스 종점 거울 앞에서 중얼거리다가
가보지 않은 노선으로 갈아탄다.

낡은 버스를 타고 부표처럼 흔들리며
찾아가는 동해
기적소리 끊긴 지 오랜 철길 너머
개인 무도장이듯
파도가 처음 만난 사이인데도
손을 잡고 일어나 왈츠를 춘다.
파도의 왈츠를 시샘하듯 쳐다보던 달빛이
내 발등에 머물러 한참 있더니
누군가와 오래 눈 맞춤을 하고 나면
더 외로워진다고
솟구치며 바다의 질량을 가늠하는 척,
파도 위에 가뿐 앉았다가
다시 치솟아 빙글 돌아

곤두박질을 친다.

나 몰래몰래 따라온 내 그림자가
일면식도 없는 사람의 발자국 위에
젖은 발자국을 포개보다가

하얀 조개껍데기를 주워
등뼈에 층층 새겨진 나이테를 세어보다가

이층 침대 머리맡에 걸터앉아
저장해둔 내 사진첩을 클릭 클릭하고 있다.

청사포구 · 2

그렇게도 많이 떠나보냈지만
이별은 아직도 낯설어

내 심장이 파란 것이
고질병이 있어서가 아니야

하루에도 수만 번 다가와서
자분자분 노래를 들려주지만

뒷걸음치고 달아날 줄 빤연히 알기에

잠든 척 못 들은 척 뒤돌아보지 않았는데

새벽 별 까치발 들고 돋아나는 시간이면
날마다 늑골이 속속들이 뻐근해

새파란 물비늘 자락을 끌고 와

내 곁을 서성일 때

나도 모르게 가슴을 크게 열었나 봐
파란 물이 스며들었어.

늦은 저녁에 기차를 타다

추억을 사듯
편의점에 들러 삶은 달걀을 삽니다.
일행이 기다리듯 당당하게 걸어간 내 자리에
나보다 먼저 앉아 있는 사람

내 자리라고 말하려다가 그냥
건너편 자리에 앉습니다.

승무원이 지나갈 때마다 조마조마한 가슴이
간이역에 들를 때마다 콩닥콩닥
방망이질합니다.

절대로 만날 수 없는 평행선 위를
두근거리는 가슴을 안고
기차는 역사를 떠나고

달걀을 꺼낼까 말까 망설이는 내 마음이

차창의 유리에 비치는데

누군가 길을 만들고
그 길을 처음 달리는 기차처럼
가슴이 자꾸 콩닥 콩닥거립니다.

형상 기억 합금

눈을 감으면 펼쳐지는 길을 간다.

감꽃 이파리 하나둘 내려앉을 때마다
창호 문 벌컥 열어보는 엄마
오늘도 아궁이 미어지게 장작불을 피워
식혜를 끓인다.

스프링같이 펼쳐지는 막다른 골목길
시력이 좋지 않은 가로등이 배밀이를 하고
파란 대문 안 밥상을 들고 풍경처럼 서서
나를 바라보고 있는 저 여자
흔들리듯 흔들리는 저 눈빛을
아버지가 보았는가.

식혜가 담긴 주전자를 들고
잠잠히 들어간
방 한 벽 가득

파릇파릇 새싹 올라오는 풀밭에서

한가롭게 놀고 있는

사슴 두 마리

서쪽 먼 하늘에 개밥바라기 돋아나면

까무룩,

잠드는 내 눈꺼풀에서

오늘도 펄쩍펄쩍 뛰어다닌다.

하얀색 데쟈뷰

누가 그렇게 하자고 한 건 아닌데

달빛이 두툼하게 쌓인 골목길을 걷다가
아버지가 사 준 풍선껌을 누가 더 크게 부나
동생하고 나하고
내기를 한다.

입천장과 혓바닥 사이 납작 엎드려 있던 껌이
조심스럽게 불어넣은 날숨으로 인해

부풀어 올라

좁은 골목을 휘돌아 잠깐,

하얗게 골목을 밝히다가

둥실둥실 올라가다가

허공의 중심으로 들어간다.

눈이 침침한 골목이 화들짝
뒷걸음을 친다.

커다랗게 부풀어 오른 풍선껌 뒤로
자꾸만 숨어드는 보름달 둥근
달 아래 서서
몇 번이나
동생 손
내 손을
쥐었다 놓았다 다시 꼭 쥐는
우리 아버지

하루

참꽃이 지는 오후를 걷다가
도로를 가로질러 시장에 간다.

옥수수알갱이 눌린 보리쌀
태생부터 까만 검정콩이 5월 늦은 햇살에 눈이 부신
지
가느다랗게 실눈을 뜨고 있고
한 치 틈도 없이
수수나 참깨 들깨가
서로의 피부에 바짝 기대어 들숨 날숨을 몰아쉬고
있다
그 옆에 밭이랑에 기대어 있다가 목이 잘려온
참쑥이 습기를 머금고 납죽 까부라져 있는데
열 손가락을 무릎에 가지런히 올려놓고
앉아 있는 할머니

광활한 지구의 모서리를 한 바퀴 도는 동안

한 귀퉁이가 잘려나간 햇살이
천천히 골목골목을 둘러보다가
서둘러 모퉁이를 돌아
나갈 것만 같아

기억도 가물가물한 옛이야기를 찹찹하게
풀어 놓고 있는 소쿠리 앞에서 이거 다 주세요.

그 말 하지 않을래.

시나이산

어둠에 갇혀 한 남자를 생각한다.

나는 이제야 알 것 같은데
그는
그 산이 거기 있을 거라고
알고 있었을까

그 남자는 홀로 사암 덩어리에 앉아
'광활한 공간을 보면 자연스럽게 전능한 존재에 대한
관념이 떠올라'*
한없이 나약한 마음을 달래면서
머리를 양 무릎에 묻고 어둠에 갇힌 동굴이 되고 싶었
는지도 몰라

그 남자는
처음 열리던 하늘 같은 것을 보았을지도 몰라

가슴을 떨다가

그 남자는
'옹기 가마같이 연기가 떠오르고 온산이 크게 진동
하며'**
팝콘이 터지듯 별들이 쏟아져 내리는 것을
보았을지도 몰라

나는 알아.
무리 지어 한꺼번에 쏟아지는 것이 별만은 아님을
때때로 뒤엉켜있던 먹구름 풀어져 훌쩍훌쩍 빗방울
떨어지고
해처럼 빛나는 이마를 적시기도 했겠지

그렇다고 숭고하지 않은 것이 아니야

이제는 알 것 같아

마흔 밤낮을 바위에 홀로 앉아 어둠을 일으켜 세운

그 사내의 이마가 눈부신 이유를

* 알렝드 보통, 『여행의 기술』, 232쪽.
** 「출애굽기」 19장 18절.

한계령

가속기를 밟을 때마다 창틀에 끼는 바람이 소리를 지르고,

본넷에 걸터앉은 구름 때문에 헤드라이트는 하얀 뼈를 드러내고

서 있는 소나무는 화석이 되어 가는데

통통한 안개에 목이 잘려 수상한 미소를 짓는 사람들

다시는 목에서부터 발끝까지 내려오는 치렁치렁한 원피스를 입고

(그때가 늦은 시월이거나 십일월 초면 더) 한계령에 가지 않을래.

행여 태아처럼 동그란 안개에 갇히더라도 동공을 활짝 열어놓고 있을래.

자욱한 안개에 허리를 감춘 사람들이 발을 걸어버릴지도 모르니까

현호색

돌 틈 사이에 숨어있는 너를 보았다

해묵은 장독대 주춧돌에 끼어
밤마다 고개 드는 오욕 중 하나
허벅지 찔러가며 다스리더니

이른 봄날
햇살 별스레 쨍쨍하던 어느 날에
누가 볼까 살펴볼 겨를도 없이
연보라색 자궁을 열어젖혔다.

바다가 뒷걸음치는 이유

처음으로
누군가를 사랑하는 당신이
담배 피우는 모습을
어깨를 으쓱하고 바라보다가

서툴게 뿜어낸 담배 연기에
뒷걸음치며 물러섰다가

다시 돌아와서

거절당할 것이 두려워
한 번도 사랑한다는 말을 해본 적 없는
당신이 온 힘을 다해
새빨간 불덩이를 빨아들이는 것을 보고

가슴이
더 까맣게 타들어 갈 것만 같아서

휴대폰 메모장에 쓰다
- 새벽 기차 안에서

진눈깨비가 폴폴 내리기에

뒤란의 시누대가 눈 속에 발들을 묻고
핼쑥한 얼굴로 서 있을 줄 알았어.

이름 모를 산사
무심코 올라간 요사체 앞

-여 기 들 어 오 지 말 아 요-

힘주어 눌러쓴 함초롬 바탕체 A4용지
팻말 앞에서 발길을 돌리다가 보았어.

하얀 눈 속을 밥상을 들고 간 듯
꾹꾹 눌린 발자국을

헐렁한 담벼락을 따라가다가 나는 보았어.

그을음 녹아내리는 굴뚝 옆에서
버리지 못한 이름을 후후 불어 보내고 있었는가.
굴뚝에 기대어 마른행주처럼 쪼그라들던
여승의 뒷모습을
지지지 직, 담배가 타들어 가는 소리가 들렸던가.

검지 중지 손가락이 가느다랗게 떨렸던가.

당신 혹시 알아?
기차가 왜 이렇게 덜컹거리는지

압구정동에서

97억 광년 떨어진 별에서도 가장 빛나는 길을 걷는
여자가
길을 걷다가
한 뼘이나 되는 속눈썹에 갇혀
잠깐 멈춰 서

있다

정으로 쪼개고 끌로 깎은 턱에서
바람이
새어
......

말줄임표는 필요 없음

말을 담아도
말이 머무르지 못하는

여자의 구멍 난 귀에

먼 나라의 귀걸이가 쟁그랑 징그렁

해독 불가능한 소리를 내는데

삼각팬티에 가려 여자의 배꼽(지구의 핵을 담고)이

블랙홀 속으로 숨어든다.

민들레

학교 담장 밑에 붙박이로 태어나
한평생 어깨 한 번 펴 본 적 없지만
하필이면 이곳에 내려놓았냐고
바람을 탓하지 않더니

운동장을 가득 채우던 아이들의
커다란 웃음소리가
밤새도록 떠돌아다니던 그 날 밤에

송홧가루 날리는 고향 뒷산에서
팔랑개비 돌리는 꿈을 꾸었나 봐

민들레가 풀잎을 떨치고
수 직 상 승 한 다

제트기류를 타고 있나 봐

하늘 높이 올라가네.

밤마다 꿈꾸던 그곳에 가려면
온몸에 물기를 사악,
걷어야 해

개밥바라기별이 총총

하늘하늘 올라가네.

알싸한 향기에 흠칫 놀라
어둠이 사방으로 흩어지네.

가느다란 머리를 들이대면서 길 가는 낯선 사내를
유혹하고는
주홍 글씨 새겨 넣을 가슴이 없어

길가 전신주에 매달려 밤마다 하늘 우러러
참회하더니

겨드랑이에 별이 돋아

하얀 머리카락 귀 뒤로 넘기고
찔레꽃 올라가네.

가시 연

어쩌려고

깊음의 샘 터뜨리고

나온 날부터

휘어진 안개에 숨어

한 번도 속내를

보이지 않는

너를 향해

용기 없는 것이

자랑이냐고

물보라를 일으켜 봐도

단 한 번의 흔들림도 없더니

어쩌자고

다 늦은 봄날 저녁

주책없이

진자주색 꽃을 피워

올려

파리크로와상

언어보다 묵직한 질량이 튀어나올까 봐
마스크로 입을 틀어막은 사람이
구석진 주방에서 밀가루를 치댄다.

내 안에서 들끓는
말 말 말들이 마구 뒤엉켜 튀어나올까 봐
입을 막고 있는데

날카로운 이빨을 마스크 안에 감추고
촉촉한 카스텔라의 속살을
은밀하게 부스러뜨리던 사람이
말을 막 하고 싶은
내 눈동자를 보고
몸을 살짝 뒤틀어 앉는다.

입안 가득 빵을 물어뜯던 사람들이
눈이 마주칠 때마다
소스라치게 놀라면서
마스크를 쓴다.

-마주보고 앉아서
사람들이
마스크 내리고 커피 마시고
마스크를 하고 말하고
마스크를 내리고 빵 먹고
마스크 쓴 입을 팔뚝으로 가리고
꺼이꺼이 웃는다.-

자리마다 마스크가 펄럭이는 빵집 밖에는

하늘의 말씀을 전하려는 듯
초승달이 입술 양 끝을 치켜뜨고 떠 있는데
올올이 날을 세운 가로수 밑을
하얗게 입을 틀어막은 사람들이
무릎의 하얀 뼈들을
사과껍질처럼 동그랗게 말고
종종 길을 간다.

남기고 싶은 말

시와함께(Along with Poetry) 시인선 028

김영란 시집

좀 울고 나면 괜찮을 거야

발 행   2023년 05월 10일

지은이   김영란

펴낸이   양소망

펴낸곳   도서출판 넓은마루

주 소   (03132) 서울특별시 종로구 삼일대로 30길21, 410호(낙원동, 종로오피스텔)

전 화   02-747-9897, 010-7513-8838

이메일   withpoem9@dauml.net

출판등록   제2019호-000100호

인쇄 · 제본   (주)지엔피링크

저작권자 ⓒ 2023, 김영란

ISBN 979-11-90962-32-2(04810) 979-11-90962-04-9 (세트)

값 12,000원